獻給所有已逝，與將逝。

目　次

〔晨〕

〔午〕

〔昏〕

〔夜〕

台灣詩學吹鼓吹詩人叢書出版緣起

蘇紹連

　　「台灣詩學季刊雜誌社」創辦於1992年12月6日，這是台灣詩壇上一個歷史性的日子，這個日子開啟了台灣詩學時代的來臨。《台灣詩學季刊》在前後任社長向明和李瑞騰的帶領下，經歷了兩位主編白靈、蕭蕭，至2002年改版為《台灣詩學學刊》，由鄭慧如主編，以學術論文為主，附刊詩作。2003年6月11日設立「吹鼓吹詩論壇」網站，從此，一個大型的詩論壇終於在台灣誕生了。2005年9月增加《台灣詩學・吹鼓吹詩論壇》刊物，由蘇紹連主編。《台灣詩學》以雙刊物形態創詩壇之舉，同時出版學術面的評論詩學，及單純以詩為主的詩刊。

　　「吹鼓吹詩論壇」網站定位為新世代新勢力的網路詩社群，並以「詩腸鼓吹，吹響詩號，鼓動詩潮」十二字為論壇主旨，典出自於唐朝・馮贄《雲仙雜記・二、俗耳針砭，詩腸鼓吹》：「戴顒春日攜雙柑斗酒，人問何之，曰：『往聽黃鸝聲，此俗耳

針砭，詩腸鼓吹，汝知之乎？』」因黃鸝之聲悅耳動聽，可以發人清思，激發詩興，詩興的激發必須砭去俗思，代以雅興。論壇的名稱「吹鼓吹」三字響亮，而且論壇主旨旗幟鮮明，立即驚動了網路詩界。

「吹鼓吹詩論壇」網站在台灣網路執詩界牛耳，詩的創作者或讀者們競相加入論壇為會員，除於論壇發表詩作、賞評回覆外，更有擔任版主者參與論壇版務的工作，一起推動論壇的輪子，繼續邁向更為寬廣的網路詩創作及交流場域。在這之中，有許多潛質優異的詩人逐漸浮現出來，他們的詩作散發耀眼的光芒，深受詩壇前輩們的矚目，諸如：鯨向海、楊佳嫻、林德俊、陳思嫻、李長青、羅浩原等人，都曾是「吹鼓吹詩論壇」的版主，他們現今已是能獨當一面的新世代頂尖詩人。

「吹鼓吹詩論壇」網站除了提供像是詩壇的「星光大道」或「超級偶像」發表平台，讓許多新人展現詩藝外，還把優秀詩作集結為「年度論壇詩選」於平面媒體刊登，以此留下珍貴的網路詩歷史資料。2009年起，更進一步訂立「台灣詩學吹鼓吹詩人叢書」方案，獎勵在「吹鼓吹詩論壇」創作優異的詩人，出版其個人詩集，期與「台灣詩學」的詩學同仁們站在同一高度，此一方案幸得「秀威資訊科技有限公司」應允，而得以實現。今後，「台灣詩學季刊雜誌社」將戮力於此項方案的進行，每半年甄選一至三位台灣最優秀的新世代詩人出版其詩集，以細水長流的方式，三年、五年，甚至十年之後，這套「台灣詩學吹鼓吹詩人叢

書」累計無數本詩集，將是台灣詩壇在二十一世紀最堅強最整齊的詩人叢書，也將見證台灣詩史上這段期間新世代詩人的成長及詩風的建立。

　　若此，我們的詩壇必然能夠再創現代詩的盛唐時代！讓我們殷切期待吧。

晨

為了告別，我在夢的懷裏走得太久

養一顆月球

養一顆月球，骨感的月球，用一盆海洋水的時間豢養，就像食飼寂寞那樣使用，存放瘦薄的獨立，擁簇著城市光災，細細的眼荒，迷幻有蛇的扭曲髮絲的緩，拋向你頸上肉軟的懸崖。

牙銀色細肩帶，薄酒色點脣花，霧朽色薄披紗，世界繞樑女爵士，沙啞，法文捲舌腔，我的地球在旋轉，亂灑暈黃昏，暖暖溫吞色，那是瞇住，你瞳孔深處一珠凝晶的傻，剪落我的倒影人間色相，不問誰發光，就怕風吹摘。

擁抱進出之間距離，就像蜻蜓點水瞬間，的光點。

華麗的長線，丟，一道短程飛翔，沾進湖底，連湖底都不清楚的深度，就只是透明的身體與額頭俐落的勾引，在此我什麼都沒有，僅僅肉身蠕動的痛，連血液都欠乏的痛。而你卻願意，親吻我？或是盤旋假裝游走。

當痛苦竟然變成一種簡單樸質不快速的習慣用抖顫呼氣尾音，飄出。那快樂又是怎樣複雜寂寞一個人孤單的自由凝望距離？怎樣的磁場？

你的軌道在我肉液擴散的範圍，你的生命在我頓息的頃刻，你的光圈非屬我所賜給，盲目卻成為你執旋繞的氣力，引力，我

是不斷下墜，你讓影子徘徊，汽球突破掙扎，小狗吟唸圓舞曲，種苗背地生芽，萬眾點燈，星光毀褪，我在睡前微笑吻你，說走的時候記得把門帶上。

2002-04-10撰
刊於《失戀雜誌》第十期
（台北：時報文化出版企業股份，2002-05-01）

黑洞

如此美麗的
撒了個謊如信仰
於是我們就由內而外
變成了一渦溼洞
直著嘴唇企圖親吻
自己的肚臍眼或
更深邃的永遠
變成了一個失底的
力的作用　挾制太陽狡點的運作
背對月球
地球
與任何扛有時鐘的宇宙
我不知道自己的影子正籠罩著我還是翻亮你轉醒的眼白縫

2004-03-05撰
刊於《自由副刊》2004-07-03

呼喊

月光薄刀沁冷
削去
一口子的髮於其他的白
在火蕊蒼影的尖端
再不能拒絕某種溫度極端的滅亡
是杯緣波皺的枯乾
我們飲用的地方
即是旱世的起點的日子
再不能回來了
回不來的必然
某妻佇立銀色太瘦斷了纖維的巷弄
數算自家燈泡一間一間逐漸熄累
似喘似簫，野畜或是墟風
斷不盡斷然嗚噎自身胳膊揉搓的弧彎
切片的汁液澀鹹甜甜
像壓縮夢魘的抽屜裡反鎖著呼喊

2004-05-06撰
刊於《自由副刊》2004-09-03

哭倒一棵枯樹

不是因為腐朽的關係
你不必刻意時間
除了年老
其實我們都還算強壯
只是對於悲傷細末小蟲般的蛀食
攤開報紙兜過早餐遮住我們之間
你說寂寞不過是一個空間一個人有多難懂
比喻就像
好瘦的樹被風催促即將奔跑盡落語言形容
。我沒有理解的管道
被堵塞，樹頂上雲的漩渦巨大抽油煙機前滿臉皮肉皺褶鼓波層層
我們的婚禮證吻，變成一座池塘

2003-05-25撰
刊於《自由副刊》2003-07-05

若某個人旅經我記憶中的那棵楓樹，
並趁它初春綠芽時節躺在溫濕根部鑽攀的泥濘間安息……
我願為他潛心禱告，並真誠認為他死於幸運。

———《德尉日記‧AM0805》

出走

已經行走到比遠更距離的地方
比零還多一點
種子的地方
水分的排出流送空間夾縫的窺探
已經行走到
比時間再沉悶些重量的地方
比過去多經驗添注回憶的地方
比身體還空一點
風過的地方
你的美德是你的吻
我發現傾斜的態度
已經行走到
比「我愛你」還要
廉價一點的地方
原點在他鄉

2002-03-05撰
刊登於《自由副刊》2003-05-01

越是逃避，越是否定原有的認知，就越覺得，難以原諒自己。

「有誰能夠給我安慰呢？」一旦產生這樣的想法，反而更接近絕望。

對我而言，獨處的時候，一面估算蒸水滾沸的時間，一面期勉自己可以達到遍體鱗傷無以站立的地步──大口艱辛的喘氣，總比無聲悶噎的窒息，多些舒適。

──《德尉日記・AM1011》

離開

我在春末離開馬戲團
臉上的丑粧融融便隨汗坍塌油彩
變賣的電視箱擺在當舖櫃檯
播放有妳空翻後踢踏舞連續旋轉
蝴蝶無聲飛翔原來可有魔術的驚嘆
我數著手心銅板，畫面黑白刮帶

已包裹好全家人的影子，黃昏巷口的等待
迎接垃圾車簇擁著每下午六點半
城市各條腸胃進行催吐依舊抱怨瘦不下來
成群野狗哀哀亮掛舌頭隨行伺動蹣跚
嗅過我的塑膠袋牠們卻夾著尾巴嗷嗷逃開

能去更遙遠的地方嗎？　呆在床上面對老天花
所謂的星象　不該是火圈以上帳棚以下
空中飛人們緊身衣點點亮片與彩帶？
我頂多惺忪掛妳一通長途電話

躡聲鑽越夜長如巷
彷彿聽見地球正值運轉

我在一個失業早晨寧靜自夢境離開
沒有鬧鐘沒有領帶沒有早餐也沒有小孩
沙沙頭條馬戲班倒走著遊行
圍觀者眾示威之餘鼓掌不斷
老已成年的小丑牽同他們飼育好久的小獸齜牙憤慨
攝影機前糊了顏色醉酒般叫囂轟然……
呵欠連連妳伸往收音機憋氣之後按下電源開關

2004-10-05撰
刊登於《幼獅文藝》六一八期
（台北：幼獅文化事業股份有限公司，2005-06）

告別

割斷地球引力　船帆駛去
帶不走光點　殘破的太陽只好漸遠漸遠飄離視野
如雪飄落著魚群　星火朝往深海墜滅
全世界的游塵終於不再翻滾
不再翻滾的時間與我背對睡息
軟木塞般乾燥卻　吸飽了喝醉的可能
瓶口哽在充滿泡沫的夢境
瓶身腐朽只剩靠著舌頭的影尖，推開一扇待哭的門

2006-08-26撰
刊登於《野葡萄文學誌》三十九期
（台北：小知堂文化，2006-11）

一一

　　一把鐵銹鑰匙，一齒缺口，一輛斑黃自行車，一只陳舊的擱
淺，一輪時鐘，刻度，一張類似情籤的棄紙。

　　我的手心握住一隻蜘蛛，結一張魂白的網，像是一面半開的
霧，一朵即褪的花，一尾游不開的魚。

　　你的額前撂掉一絲黑色線索，不肯撥去，一點癢痛。

　　你的一隻耳朵聽著我另一隻耳朵的故事，聲音在我們之間旋
轉，一片不換的CD唱盤，一本倒闔的小說，一付半張的側臉。

　　我們一一細數過站，中壢，桃園，鶯歌，山佳，樹林，板
橋，台北。台北，板橋，樹林……時間是一個圓圈圈，我們窩坐
一張雙人座，一起，睡眠，飲食，聆聽同一段顛簸。

　　一節車箱，一段下午蕪荒，一頭灰藍色天空速流，一葉白蝴
蝶，一排枯木棉，一道長階，一面古牆，一座瓦質咖啡館，一隻
流浪貓，一名老人，一陣風。

　　一瓣懸置的雲，一個虛抖的音階，一根指縫間的長髮，一通
無聲電話，一句你的追問，一枝垂綠掃窗，一陣心裡的麻。

　　我處臥一陣暈眩，一段泛白，一行眼淚，與欲脫離的一照斜
陽，都已經，那麼久了，一面毛玻璃，我對著自己的映影一種
覺得。

放軟此時一身蜷瑟，袖鈕間穿梭一縷尼古丁的香，一種憚顫的癮，睏頓的驕傲，一息發酣，一場夢，一對微翹的唇，一派怯懦勇敢，一頓膚淺假寐，上帝不知躲去哪裡，就連一點親吻，都沒有許願。

2002-03-23撰
刊登於《失戀雜誌》十一期
（台北：時報文化出版企業股份，2002-07-01）

他問我如何成為魔鬼正如我問你何時成為戀人。

———《德尉日記‧AM1030》

沿途的你

高速道路看板上反光的眼睛
車窗外如風微涼經過樹芽長在紅色的屋頂
平交道前等不及的孩子發現腳邊的蒲公英
吹起
無聲細雨
人是如此疲憊的風景

2007-08-10撰
刊登於《創世紀》一五三期
（台北：創世紀詩雜誌社，2007-12）

回想與W相戀最好的時光，約莫是我們南北兩地的那年遠戀。

某次我在彰化校園隨興傳了通信息給他：
「國文系館前美人樹綻滿鵝澄黃花，間綴赤色蒴果成串，十分美麗，記得輔大門前天橋邊也有這樣的樹種。」

隔日手機裏悄悄閃現W的回應：
「美人樹啊！看到了，站在天橋上，我這邊的路樹也都滿滿的開了花。」

幾年過去了，後來才知彼時美人樹的介紹牌示，原是臺灣欒樹的誤植。
我莫名地想把真相，告訴早已失聯的W，雖然如今我已離開了彰化，他也不在輔大……

———《德尉日記‧AM1100》

條碼

然後你我告別海灘
只留幾張發票當作紀念
內容陳列許多粗細深淺的時間
交流道、高架橋、鐵軌以及計時停車白格線
嘴巴刷動而過的紅外線，筷子　或者牙籤
把我們的條碼挑進相片、護貝、無需上鎖的抽屜櫃
　門縫、指紋、糖果紙皺褶塞黏夏日小孩的口袋內
當你些微掃瞄一眼
我便閃出一個呵欠
彷彿得到一對不知疲倦的鼓槌

2008-03-12撰
2009-12-26修
刊於《臺灣詩學‧吹鼓吹詩論壇》十號
（台北：臺灣詩學季刊雜誌社‧2010-03）

他熱的表情

一開始只是睡只是
夢境未竟呼吸呼吸呼吸的形象只是
攜帶槳舵飲水與繩與乾糧
掌心蜷後覆蓋整座海洋盛產珊瑚礁
遇見一隻母鯨的孕吐
一張透明網狀汗漬航圖
一艘寂寞的華麗的魂魄眾多的沉船
半展胸骨微喘浮一顆痣醒目窩底沉默的動靜
身體失去辨別季節的感知
只是水草飄搖只是魚群迴游只是推擠翻滾翻滾翻滾移動不了
誰人尋見我的頭顱請告知我（在他的呼吸裡在他的呼吸裡）
（在他的呼吸裡在他的呼吸裡）證明那些遺失的都還存在
他還懂得呼吸呼吸的態度嗎（在他的呼吸裡在他的呼吸裡）
（在他的呼吸裡在他的呼吸裡）潛游底層 m 的喉底塞擦音
只是一種關於空氣的疲累

雖然
一開始只是輪廓只是睡只是……？

撰於2002
發表於《自由副刊》2004-06-14
刊錄於《創世紀》詩刊一三八期
（台北：創世紀詩雜誌社，2004-03）

塵埃

其實也可以

為了一個男人扯裰所有牽附

我說來吧我們舞蹈我們械鬥

腳指頭扭曲成極有速度蜘蛛的形狀

為了一個女人不斷說話

紅艷紅艷的上瓣唇與下半花朵不斷綻放又羞縮

豢養它們啊用水用齒用舌頭含悶所有語言的裸體。直到

翻過一座沙漠

划泳一面海洋

登呼一座所謂的山

──我仍我仍只是塵埃

輕覆在地球的乳房與私處

翻翻滾滾堆堆疊疊聚集又散一顆空懸頭顱般的沉默

世界都是

那麼也許世界最內裡的層次

是一個銅製的男人？一枚煤裏的女人？

一顆孩童的智齒？

一隻失去翅膀的蝴蝶？

那些不可知的熾熱的塵埃或者也曾像

我　表層冷漠廢置著的位置

然而需要多少翻滾，才好讓自己也能獲得體溫？

風是你我說我跟隨你請帶我離開

即使那是死亡

然而你卻站在比死亡更遙遠的地方

2002-06-18撰

刊登於《自由副刊》2003-02-15

事到如今，「一公斤的棉花和一公斤的鐵」，
我還是覺得，肯定不一樣重。

———《德尉日記‧AM1139》

方糖

　　很意外你遞來的是，純白溫牛奶，一隻銀色咖啡匙，乘住一塊方糖。

　　我很久沒見過方糖了。那讓我莫名得到一股家庭的感懷。

　　然而我們的關係並不是一齣溫馨喜劇，你整整頭髮也就端正坐在我對岸。我說這個暑假我想去哪裡走走。你看我一眼喔了一聲，把糖盒收起，比額頭還高兩格的置物櫃裡，接著啜了一口牛奶。

　　我們各享面前的早餐，電視新聞照例閃爍著不甚準確的今日氣象，然後我聽見了「假日婚禮」那首流行歌，女聲沙啞十分作做的花腔。你在六點二十五分準時出門。我放下我的烤吐司，看著對岸的空位發楞，收拾乾淨的桌面，隱浮淺印杯底圓熱的水漬。

　　你的那杯，什麼東西，都沒有添加。

2003-09-01撰

刊於《聯合副刊》2003-10-27

祝福

關於我時常尋找的風景來回開關數次的抽屜
以及夜半遺失夢境後的驚醒：牙刷　毛巾　眼鏡
我們的強壯隨時都會崩解
正如我們的睡眠永不止髓
維持感覺粗粒結構的生命畫像

唯一質地堅硬　男孩子們的棒棒糖
我願把我的與你的交換，祝福著。即使上帝不在

關於每道十字路口前的停頓紅綠燈下機遇著危險
以及搪塞家人們的謊話：你是虛構的我
是布幕　歷史明信片與　贈品衛生紙
我們的強壯隨時都會崩解
不小心的一點私話　一頓晚餐　一口母親的童唱

我不過是　撐牢時間缺少座位的無聲電影
片尾跑馬連結著開頭　得隨時檢驗膠捲耐磨的程度
我們的強壯隨時都會崩解

嘴裡你給的祝福溫溫含住腳趾的卑微
　除此之外
我們都還能早起　說話　帶著祝福微笑繼續撒謊
　值得慶幸

2005-11-01撰
刊於《臺灣詩學·吹鼓吹詩論壇》二號
（台北：臺灣詩學季刊雜誌社，2006-03）

從此我想棒棒糖甜膩的螺旋都會浮見你憂傷的臉。

愛是對自己施咒的祕語，暈眩隨即回憶也是瞬念即滅的永劫。

————《德尉日記・AM1150》

原諒

我們剛剛經過的老日子
枕頭被太陽與夜曬過的皺褶凹陷如今
點了菸剩手指的姿勢
都在沾滿灰燼的托盤裡曾經星火與它焦黏的乾影子
餘絲席捲夢境都已飄散到——我們不經意的遠方與深處
被裁剪而下卻是無邊的風景

突然睜眼

早餐剖開蕃茄的透紅薄片與薄片
你以報紙之翼合法遮蔽了切邊吐司塗抹奶油的香味
要如何以噴射機的速度飛馳而去？
關於牛奶泡沫　遲響的鬧鐘鈴聲　以及關於晨間新聞播報的一切

刀刃收入狹小而中空而懸吊而方便晾乾的鐵編簍子裏
正是靜靜發汗的片刻

你說什麼我聽不見

2007-07-25撰
刊登於《臺灣詩學‧吹鼓吹詩論壇》六號
（台北：臺灣詩學季刊雜誌社，2008-03）

安慰

瞬間脫離白色泡沫海面
整座沙灘倒躺在我鰓內
「啊　月亮！」
或者那顆反光的眼球
終於不用透過晃蕩起落的愛慕去遙望了
但請用新鮮的謊言滿足我所需的氧氣
以無溫之火般幻構著　嘴
可甜　可酸　可塵埃　卻不可發聲音
基於禮貌　國家一般沒有面孔的諾言
教我粗繭生滿的手　髮絲蔓延的紋線
任何命理不可　診斷，可
秘密僅供指甲片摳向取索無度的耳朵
「聽說，
土星上有座燈火樂園
遠離地球的嬰孩們列隊環繞
而你光溜溜的站在那裡售票」
在那裡
終於不用透過晃蕩起落的愛慕去遙望了

但得忍住所有可能引起星球墮落的許願
直到日出將鱗的沉默曬成枯涸的肚臍眼

2009-10-11撰於桃園市區街途
刊登於《鹽分地帶文學》二十六期
（台南：推理雜誌社，2010-02）

進入職場之後，心中常有一股龐大的疲憊感，急需被拯救，被消解。

　　你查閱古往今來所有可供午茶時間對坐的通信名單，終於選定一個難得合宜的共度對象。

　　卻又往往在約定後的下一刻反悔了。

　　明明是自己主動伸手求援的，不是嗎？

　　你的疲憊拉鋸一股逃避解釋的無力──也許在家睡飽一個空虛的午覺，會比短暫的激勵更得到實際的安慰？

　　於是你又花費了一些力氣，對你與你的關係人深感抱歉。

　　　　　　　　　　　──《德尉日記・AM1200》

夏天

太炎熱了
從台東到火車從台北到夏天的時間
每一節都令我想起
澀幼從廚房偷嚐的那抹，備受誤會的鹽
姆姆拍落桌面如齒凋零的結晶尖銳顫顫地說
永遠永遠不會消失，它已牢牢滲進軟的身體最裏面
趁你背風削薄的衣衫汨著哀傷青春的心臟宛如溫泉
直等身體乾枯之際才又回復石頭質地般著浮現

這或許是個關於祝福的詛咒，於是我盡力保持清潔
訓練面無表情
即使延流衰老的河道洶湧的冷淚

也就刻意不讓自己寄信給你
太黏稠了
凡當提筆，我就忍不住酸著影子反盯住被抽長薄紙的纖維
灰僕僕地磨出某塊皺巴巴模樣　那些劃歸不出的範圍
倘若傾斜的鼻在當時，又是那樣不禁熱地滴落汗水

有一個看穿所有顏色的視線便會凝聚在細微之處
敏感反觀自己末端的幻覺
僅僅些些晃動稍稍接近於歉意，復將變得更加尖銳
刺穿視覺煙化扭動的畫面　鑽回到極端細微的部分

我們是不是可以這樣說——
一旦急於躲避某件難以忍受的事，竟再度找回至寧靜
平躺那座不沉不移的死海花園？

2010-04-13撰
刊登於《中華副刊》2010-07-05

午

神只出現於艷陽高照，熱的時間

旱日

聆聽一段躁鬱的風

你在核心中

閃爍

城市眼芽，龐大孤立的樹　沒有影子

枝椏雜錯

閃爍

朽老的皮膚巴巴皺你青春乾涸忌妒那麼渴

手機鈴聲滿街亂走已曝曬整台北三週

閃爍

知更鳥和他的雨季再也不會回來了

剩下你

關係線上誰講的故事都不符合童話

無賴還不停說

閃爍

沙漠影片缺乏觀眾

你在核心　只能戴上耳機偷偷

冷氣房製牆電子節奏

閃爍

養好一缸彩色熱帶魚
和蔚藍國度交換過照片的一隻母鯨
收發E-mail
閃爍

2003-08-10初稿
2004-03-26一修
刊登於《創世紀》詩刊一三九期
（台北：創世紀詩雜誌社，2004-06）

十七

眉頭一珠紅痣
塑膠花般的春意
唱不出歌
根部裁截，透露一段銳利的鐵痂
痛楚不過是遠方鐘鳴
花農們烈日之下繼承不了的黝黑勞喝

我本不能發聲
我本出世傲怯悲傷
堅挺出面無表情沉默極了的美麗常態
以無水之瓶豢養
或被綑綁在無光角落門牆與樑
生長且都漫長較歷史比生死更遙遠著叩響
叩響　響響

傾額蒙頭塵埃沒有思想
不消記憶黃昏與曙光
或者褪色也罷

再往寂寞底處細聽一步

好說服自己

耳朵，真是一種無謂的想像

2005-03-23撰

刊於《創世紀》詩刊一四六期

（台北：創世紀詩雜誌社，2006-03）

讀詩不宜過量

讀詩不宜過量

讀詩不宜飛翔

讀詩到了盡頭不宜再想

你的探究不宜沉默不宜瘖啞

請指責我請轉換天光請給我暴風雨也不宜

平靜無波順遂甜蜜長廊

雖說你的演譯那樣複雜我不宜進入

但關於世界的虛假眾人都尚能說服自己信仰

你的擬造你的荒唐你的胭脂血腥煽染惻惻

又有怎樣不宜接近真實有害健康

讓我被刺穿之後嚎叫泣血處子膜與任何孔竅纖維盡裂

漠然死亡

非關夜色與它氛圍的綺色幻想犯罪者偷渡月光

微笑呈顯陽性

轉角處發現時間棄屍噁澀牽腸

不宜太過張狂

2002-06-14撰

刊登於《自由副刊》2002-08-24

內寒外躁。

一面咳嗽，一面盜汗。

以我的脈象探測泉眼、預知地震；以我的舌苔亮出一片令人皺眉的前因後果、往事來生。

其後老中醫師垂眼不語，在筆墨橫飛的病歷紙上添入：

冷熱不適，難以調理。

一半冰霜枯竭，一半星火餘灰。

至於我的眼目，早已不是孩童反映天空的澄藍，對照不到生命的好奇——既然沒有半帖藥引，一場徒然也只好離開著尷尬。

——《德尉日記‧PM1205》

舊衣堆

紅色塑膠暴漲開來一條脫了皮的領帶

砸碎半盞燈花引頸挺不直的山壑

剛好照亮一朵老牆斑

過去年輕粉飾太平坦

某縫處皺斷由灰到白尼龍帽蹣跚墜崖

另一端鬆脫線頭起了毛球

陳舊也還難捨某一種不健康懶散的親愛

「我的願望」寫滿黑板拉扯墓誌銘漆斑斑

站在兩處彼此張望差異溫度的背景

驚覺影子繞著身體各半移動旋轉

明日披風昨日襯衫

我的衣著穿給你看，其它鎖在房間

枯垂未來堆與纖維

日復一日　糾纏

註：「我的願望」為臺灣國小低年級老師必出的作文題目

2003-05-17撰

刊登於《自由副刊》2003-09-04

地圖

我行走的腳步
之後就成形了地圖
卻尚無法理解出入誰人的國度
直到我擅用自己的速度
交換地圖在國際邊境依舊無法交換語言
脣齒摩擦構造裡地獄有一種飢渴
我在地獄與地獄與地獄其間製造地圖
直到真正疲累停頓直到真正悔悟
回頭人群擁擠裡凌亂的痕跡
所有的地圖，都是記憶　結構錯誤

2002-08-10撰
刊登於《自由副刊》2002-10-03

他人

「L'enfer, c'est les autres.」

——Jean Paul Sartre《Huis Clos》

你說我是他人
我說我是夜你是光害
當房間無門，群鬼自畫框懸吊處悠悠醒來
他睡時習慣將軟冷趾甲鑽出微燙被窩的肉軟
當霧被牙際的磨合關閉
當燈於棉絮過扁的隙縫刮弄　切穿

我說你是他人
你說我是沙塵你是蚌殼吐沫不斷
當暗地廚房如海將月色蛻皮皺褶晾在淺灘
他在料理之前總將刀聲收入冰塊載沉的深潭
當男人的夢滿額盜汗
當女人鼻酣以一根針的銳利將失眠城市的眼皮挑開

2008-02-08撰
收入2008國立台中圖書館青年文學創作數位化作品購藏

無經驗式呼吸練習

‧‧你游過換日線。深呼吸

泡沫一片。。

‧‧幾處休憩的島嶼那些礁石底。

泡沫一片。。。

‧‧你沒有眼瞼，沒有睡眠，沒有表情始終像在流淚。像在申辯

泡沫一片。。。。

泡沫一片。。。。。

陽光原本一面‧‧被摺被裁切。從你這一點。

‧‧雲層倒映在旅行的意義上‧剪下風景信件。

泡沫一片。。。。。。

耳朵這邊‧‧‧‧

‧‧我們曾傳遞過一些童話般的紀念品‧一張一闔言語彷彿不見了。

泡沫一片。。。。。。。

‧‧又或者變回‧‧呼。吸。或者窒息像細瑣的夢囈。彷彿不見了。

泡沫一片。。。。。。。。

沙啞的影片‧‧‧‧空白了許多粉粉的黑眼圈

‧‧經過一道一道無止境迴轉的界線。

泡沫泡　泡沫沫。。。泡沫。。泡。沫。。泡沫。一。片。。。。。。。

‧重複昨天。

2004-06-18撰

刊登於《現在詩》第三期

（台北：唐山出版社，2005-02-15）

應該給 Z 或者 A 的

十七歲的詩

只能沿著沙灘裸足緩慢的燙走

含在嘴腔別傳給耳朵

終點是一切無意義意義無意義意義浪花般的幸福

拉牽著　盤成圓圈將起毛球的線索

看哪　遙遠的一點點點點點點與這裡的相同

十七歲的身體還有很多很多洞穴孔縫

沒被沙塵石土堆塞

一點點點**咱茲**的碎裂也就可以

當作沒聽見

持續的經過

2004-03-26撰

刊登於《現在詩》第三期

（台北：唐山出版社，2005-02-15）

有些動物沒有牙齒比較優雅

有些動物沒有牙齒比較優雅

枯木流水有些忽略適合豢養

當你軟成一面風樣的床

只好發出雙唇吐氣音彷彿呢喃黏澀的吻

給我唱歌給我遊戲給我幾枚零錢給我半支煙

星星有火也請舉高點　或劃一個圓圈

麋繞游絲嘴邊的乾燥痕跡唇皮脫裂

招呼吆喝你好你好語言操作程式城市路徑中央

一面打量

單線的身體糾纏的姿勢粘附半白色薄膜般的網

微笑我說

讓我痛苦讓我肢解讓我骨頭碎裂讓我撞見耳朵以外的聽覺

有些動物沒有牙齒比較優雅

阻絕呼吸不靠牙齒容易緊張

當你正值搜尋我曾睡過的影子當你尚未使力

還在你好你好露出缺牙的時候

有些動物即將死亡

2002-09-27撰

刊登於《創世紀》詩刊一三八期

（台北：創世紀詩雜誌社・2004-03）

微恙

飯冷出汗
碗面與瓢匙與餐巾紙一顆一顆
誰責怪誰的舌苔毫無施用
冷出汗一顆一顆
在嘴角在下顎在肋骨邊側有寒毛的皮層
一顆一顆冷出汗
體內的熱帶如同眠床悶燒的排泄一顆一顆
今日的行程遺失計劃的座標肚臍背脊切面是哪一條冷出汗
一口子沒有影子的赤道沒有食慾沒有氣力沒有紅綠燈
我需要得以避蔭不會盜汗乾燥的位置
卻停滯誰試圖指導誰翻滾張嘴深喉嚨乾發氣音冷出汗
一顆一顆
還不致老死但也無以維生
誰的擁抱太溫濕的被單冷出汗一顆一顆

2002-09-20撰
刊登於《自由副刊》2003-05-28

舒

木質地板適合　冬日無聲的腳趾
絨毛棉枕適合　澡後蓬鬆的頭髮
空無一人而繼續馳行的車廂適合　將窗推展至大
肉軟或者結實的胸與手臂則適合　瞇著眼睛想像
線條的倒塌適合
圓面的碎裂適合
色塊的沖毀適合
不斷自屋頂飄向遠處的雲與雲的抽長
適合你成為藝術家而我躺在擦拭無止的天空底下
開花

2008-04-08撰
發表於《秋螢》詩刊復活號五十九期
（九龍：風雅出版社，2008）

我有許多古怪的朋友。

　　例如：王是個經常失眠的人，隨時都可看見他在瞌睡，
真正入夜躺在床上，偏又聽見自己隱雷般的心悸直睜著眼；
許是個恐懼死亡的人，總是盜汗彷彿上演一齣驚悚劇永不落
幕，但對未來規劃卻不曾多費一點心力……

　　他們卻都指稱我才是個古怪的人，當這些朋友紛紛走進
以哇哇鏡組成迷宮一般的我……

──《德尉日記‧PM1450》

裂縫

我是不是像台壞掉的縫紉機

喋喋不休只想彌補我們皺舊了甚至斷裂了的

敘事關係

最後卻只得到老毛衣般織了又拆拆了又織

細密紊亂的絲絮

我是不是兀自顧著刺穿

但其實早在操作以前就已故障了針眼

使那原本的側面　產生極為陌生的改變

從天花板延至地緣線

牆壁過窄的感覺意外的沒有帶來沮喪

反而促使你產生積極告別的意念

脹爆出棉花球內臟作為一名拒絕完整的布偶

彷彿重量從來不曾存在過——當你就此脫線

我會不會像台壞掉的縫紉機

喋喋不休的以徒手，揀起那隻拋飛床邊角落

那隻冷到不行的耳朵

2009-01-16撰

刊登於《字花》二十期

（香港：水煮魚文化製作有限公司，2009-07-31）

物事與背景

你打開抽屜就像打開

一種傳染病的天氣

一片沒有水分的魚鱗

透過蒙塵的水晶直截目擊房底鐵灰色的憂鬱

我等在那裡清算秘密

也可以為你特地　挪出位置

分配與組合

紀念或添設

挑選、汰換　以及大多時候閒置環抱裏不忍移動

曾經輕放曾經怒掃而過，攤示傢俱

門的一面鎖死鐘面鏽蝕　一面公開微笑海報已絕版

廚房森冷水管邊緣得以靜聽客廳兀自微弱的電視光源

反映於抹拭重複的牆壁應驗徒老的歷史往往未經人事

懷著記憶我彷彿懷著

終難出生的孩子

一枚貝殼含死那顆閃在內裏的沉默

一隻馬蜂終飛不出凝結太快的琥珀

故事的背景成為雙重心跳的標本
雖然我無償的展示所有
你嶄新的皮箱仍舊輕輕空空的提起
腳步如流的移去

2009-02-26撰
刊登於《字花》二十期
（香港：水煮魚文化製作有限公司，2009-07-31）

靜物

我們等待了多久離開一顆乾癟的蘋果

剖開它的光與影　紅色與紅色的老菸槍

悄悄調整遠近著燈與牆　百葉窗與百葉窗，老去的種子不願發芽

於是眼睛被框制在這群道路的餘燼

從矮几上的靜物到一幅黑白地圖的中央

讓搖晃的影子被遺留如下

撰於2007-02-26

刊於《常青藤》詩刊第六期

（美國：天涯文藝出版社，2007）

第四章

翻到這頁次
「六月中旬，終於開始自立救濟」
非做不可而掠過，難免排斥的事情
一本新書於店面架上老舊的樣子
令人無法置信，夏日終究於歷史的外圍跌墜
自腦後的天際遙遙拋至格子在這裡

你是個殘忍的讀者
縱使你嘗試　旅行
「本小說純屬虛構，即與生者逝者
相似之處。應視為生命的巧合」──
包括那間濱海飯店位於泉水蕨田以南逾百里
加油站停車場後凹窪處地勢高踞的芒草曠野──
但不包括你過重的行李

紛紛拆裝的角色，模糊的　漸行漸遠的斑點
隨著你平躺的呼吸
一個個躍進喪失閱讀能力的夢境

蜿蜒的人生浩瀚漸成張床的尺寸

積聚的彈性　導致過敏的棉絮

影響我始終都難以決定，投擲或輕放　句點的位置

或以那張疲累帶笑的表情攝入內頁夾角

條碼顯得支微末節　膠裝則已枉顧一切

2009-08-05撰
刊登於《中華副刊》2009-11-30

你說我不是上帝，但我說：
我只想成為自己的救贖而已。

————《德尉日記・PM1800》

昏

如何信仰？在邊界

臨面

——太魯閣

與上帝親吻的時候背脊徒留爪痕

一口子感覺冰冷

就這樣削老了

直到時間無法再發聲什麼

我們重疊的重量

蜿蜒且陡且險且斑駁

搓弄搓弄我的皮質纖維層理指甲縫

而近乎呻吟的呼吸喘息呼吸

傳遞只是風的範例　耳朵的嗅覺

發顫的　變成一團皺紋——

我要如何與你澄清衰毀

用我薄弱的層次？

在你面前已經啞絕

岩石與岩石與岩石之間總挑不出縫隙安插一段　關於這樣的故事

2002-05-22撰

獲2002花蓮文學獎佳作‧收錄於《給花蓮一首詩》

（花蓮：花蓮縣文化局，2002-09）

我母

——臺灣

我母你的臉
指尖一經觸碰空間是陷落　又浮起
陷落　又浮起　浮起浮起
我母你的眼淚總是沉默我母你的沉默
都是眼淚
你兒卻是沉默與眼淚之間安魂搖籃的擺錘
要如何區分前進後退的地理
以一個偷遣返家的厭世者而言？
我母我母在你海洋溫吞缺合合缺時的包圍？
水筆仔趁月模糊你的胎暖我的趾沿　吻別身失墜毀的邊緣
緩抹成為潮間的我母你的腹腔我的流域
得以靠站得以下車得以擱淺得以泥濘得以淤積
我母忘記說出你的願望已經沉默
誰人的枕頭熟悉著汗濕
在往夢境縱谷時　我母你的微笑好像一面淚色的湖水

2002-06-04撰
2010-08-05修
發表於《笠》詩刊二四三期
（台北：笠詩刊社，2004-10）

病歷號碼559

──給候診室裏的媽媽

病例號碼559妳請坐

資料顯示整個上午候診室的時間已逝

急需補充水分蛋白質胺基酸以及流失不絕的鈣

電源開啟主機風扇

妳的疼痛來自於妳過度沉默的等待

即便上週按說明指示服盡白的膠囊紅的藥丸

登入MSN妳依然掛號顯示著妳在妳在

重新整理後搜尋多筆紀錄裏的病例號碼559

：「包含身高體重年齡數據累積得來的脂肪酸

隱藏尚未表白的：零錢　碼表　日記手札以收支不均的帳單

按命盤比率成分則有：愛美指數70％小人窺伺57％

拜金程度85.5％生養兩個小孩回饋金-32％

持續漲跌丈夫100％手機吩咐公事徘徊在門外

遲遲不肯進來」

0.001％的機會，病例號碼559妳看住這一顆異常的黑點請仔細看

縱然我們刺穿妳的皮膚抽取妳的血脂

透視妳連自己都未檢索過的器官

彷彿推開一座房間　一只抽屜　一個口袋

黃昏挾帶著夜色映入白色病房指向夢境迂迴的床單

卻翻不出

期盼

病例號碼559這是妳的晚餐，嚴禁香菸　咖啡　茶與子女的刺激

不去煩惱垃圾郵件清空之後如何趁夜換了新的帳號投寄而來

睡眠與晚安供應明日甦醒後的未來

也許屆時妳願意把自己推開

與我們談一談風景　以及柵欄前的黎明如何被脈搏點燃

2007-10-10撰
獲2007輔英醫護文學獎佳作

我父親看了我的詩沒有說話

我父親看了我的詩沒有說話
只把有聲的電視遙控靜音的開啟
播演一齣哭泣的　瘋癲的　閩語式紫羅蘭衣色啞巴的
三口一家

我的父親其實是我詩素描的雕像
我素描的雕像看著我的父親皺紋滋長沒有說話
轉身走進冰涼的廚房　開窗　切盤　烹煮一壺味道過頭的
老菊潽洱茶

因此，我詩如此悲傷闇啞
由一條虛線　構成一式六方的虛面　並把我的情人　鎖進裏背
炭筆執起，找出眼球中心線　注意光源變化　靜止時間別再舔弄
敏感的指甲隙縫
任他淤塞　長滿鬍渣　專注電視機或開扇小窗喝口茶
日夜臥睡藏入那張　敗質棉墊　彈性疲憊的沙發床

因此，我的父親與我的情人自行分泌專屬的　屋牆
背對著背　各自臨像
卻又面對著同一齣電視劇場　一面小窗　一口苦茶
一張兩端吃重　背脊欲裂　閩語式味道過頭的沙發床
飽合著我詩　一旦起點無以終點　遲鈍且潮濕的
退讓

於是膽顫心驚，於是我的父親攤開我的情人爾後闔上於自己的嘴巴
不見母親那冰冷的廚房
出走時別忘：鎖匙　瓦斯　電話　整屋牆一式六方壁紙花花　與那尊
白玉透光瞇眼不看的菩薩像
沒有說話　沒有說話看了我的詩我的父親沒有說話沒有
說話

2006-03-04撰
發表於《文學臺灣》五十九期
（高雄：文學臺灣雜誌社，2006-07-15）

我在很久很久以後才想到家人，想到母親是我的溫柔，父親
是我的固執，想到母親是我的委曲，父親是我的鄉愁，然後
我也才會想到，他們是怎樣想像著我，那個我所未知的我。

―――《德尉日記·PM1900》

臨暗臨岸

那潮　推開我僵澀的背膀　與另外一股人流漩渦
淹沒　痀僂疲累單薄身影　與如沫點點萬家燈火
十字路　綠燈亮起（的時候）　一分鐘
擱淺鯨魚屍體般　快步推動書包皮夾提箱或者空瘦的手
臨暗時誰都不見自己下半身的沉默
（一切與我擦身而過）

小公寓妻子稚澀的定格動作　嬰孩盆澡時腕上沾滿銀白泡沫
讓人不禁憶起臨岸　窗向磯石　失眠等待的床頭　燈塔光線定時投爍
阿爸夜航　覓向烏魚產卵　刮浪雪絮般的海風
阿母市集　蹲坐撬開牡蠣　口嘔青痰般的腥臭
我養成臨暗睜眼的習慣　（一切）都在沒能飽餐（的）漲潮（時候）

記憶彷彿垂釣著我　一無所有的故鄉
貧瘠的空氣　餵養鹹滯糊狀黃昏的堤
最是熟鍊的吃法：曬煮花生　魚乾醬瓜　搭配祖傳醃釀的黑豆酒
推向多遠無論著遠方　悠長影子的尾巴總能蘸飽　味道
臨岸著好不容易的入夢　（一切）都在街道初要閃爍（的時候）

（一切）都在我成為旅人（的）經過（一切）都在我頹垂老去（的時候）

（一切）都在我飽含故事了（以後）

生命即盡頭即臨岸淤沙的出海口

再會啦阿爸阿母觀音娘與媽祖婆

沒能飽飯的童年被記憶風乾在香火乍現（的時候）

臨暗著我，看著彼時臨岸的自己說

（（（一切）　一切）都將與我擦身而過））

2006-02-02撰

2008-03-11修

原題〈海鄉臨岸〉，刊於《臺灣詩學‧吹鼓吹詩論壇》六號

（台北：臺灣詩學季刊雜誌社，2008-03）

　　我的年齡刻度記載著阿爸離開澎湖的年頭。彷彿我在台北勃發的青春，其實是他以澎湖的離愁替換而來的。

　　近年阿爸嘴邊反覆叨記退休後返鄉的打算，企圖想把那些出外打拼的離家歲月全部彌補回去——然而為了我們一家四口溫飽，在這城市翻滾多年的阿爸，早將他樸實勤勉的漁村性格，磨光成為都市居民斯文內斂的老練揣測——那是從一個四肢矯健、隨時就能縱身入海的漁港少年，轉變為日以繼夜、毫無週休補假的嗜睡業務員的退化過程。

　　至於台北出生的我與妹，面對父親思念於澎湖的一切，多半只能憑藉觀光客般的印象，默記哪條硓砧石巷轉角會有便利超商的出現，實難清楚認知，台北或者澎湖，誰才是我們的本島，誰又是我們的異鄉。

　　事實上，這生份的故鄉也早已現代化的轉變。除了商店街、補習班等都市場景林立環伺海邊，墾丁屏東花蓮等觀光海岸都會出現，用來招攬遊客的遊戲設施，亦紛紛取代肩負生計的出港漁船與竹架網羅。

　　而今還能如何歸返記憶裏的原處呢？

　　某次難得的家族聚宴中，馬公餐館裡齊聚嗆足高粱酒的親戚，爭相比較各自孩子在異地的前途發展、手上擁有的地產房價、以及退休後出國旅遊的念頭……那又是一群怎樣原生於故鄉而後變化的人們呢？

　　是夜爸爸倒進一張既屬老家卻又實然陌生的沙發床裏連連呵欠，隱隱吞下了自己掛念不絕的心願，媽媽則竊竊咬著妹妹的耳朵說她才不想離開台北呢。

——《德尉日記‧PM1930》

雨神

　　──寫給我的祖父祖母

點著蚊仔香
關好紗窗門
阿嬤每日暗
提防雨神擾安穩

一支插香爐
供佇神明桌
阿嬤透早起
教阮作夥拜天公

阮看雨神飛
飛過神桌佮神杯
阿嬤恬恬頭犁犁　雨水卻是滴袂停
原伊旋佇阿公 e 相片　親似細聲講心情

註1：雨神，「蒼蠅」的閩語諧音。

註2：佮（kah^4），和。

註3：神怀，擲筊一對各正反，表示神明聽悉乞求者的祝禱，稱之神筊。

2008-03-18撰

發表於《台灣詩學‧吹鼓吹詩論壇》十號

（台北：臺灣詩學季刊雜誌社，2010-03）

喪果

——守靈有感，謹以此詩悼念　外公林赤牛

由於喪路太陡太顛簸

門牌被掩藏在轉角又再轉角的果園山坡

孝子孝孫循途為你家石階鋪上助唱呢喃無阿彌陀佛

許多從未謀面的人影或浮或動掩遍落葉與青苔

電話聲響不斷摔落一地青果

又或仰望搖幡攪動雲與香火

低頭叮囑著去留，凡事都得小心翼翼的走

十指蓮花翻開一層又一層送別的舌頭

但翻不過壽服左袖纏至右袖僵硬的喉嚨

你孫一人挣住你的頭肩一人抵在腰板背膀與肘

你兒一個環攬你腰另一個扣緊胳肢窩卻都掏不見皺進襯內的領口

原來離行是塊逐漸轉硬的石頭

眾聲都是哀哀阿爸阿公你好好地走

直到垂放身體的左右，願下一夜山路鬆搖的大雨滂薄

如霧覆蓋輪廓

如樹歛下枝葉的沉默

中秋不急，你慢慢來
阿公園裡留下柚的採收，等在秋颱臨前的傍晚
即使無月當空　即使團圓如晦山叢
一柱長煙瀰漫接緊著一柱無論多睏都還能看見星光閃閃阿彌陀佛
風的環伺彷彿叨唸兒孫牢記去年形同此時出貨裝箱尚需正常運作
纍纍果實堆滿云云誦辭的廳堂地板卻是一顆顆忘記計算時間的鐘
指著山路歷歷，沿途叩響著過於沉重的額頭

2007-08-19撰
2007-02-22修
原題〈山路〉·發表於《文學臺灣》第六十五期
（高雄：文學臺灣雜誌社，2008-01-15）

祭

哀祭亡者某公某某生於某某死於某某跪地遍是某某某為之長嘯某啊某

昨日議價關於行棺你用的上好這付　折扣如是不二價

今日唱頌一拜再拜三拜我說花果菜飯孝賢子孫請付帳

生者悲矣因為你僵硬的手足

亡者沉默由於假牙忘記歛入

招魂幡裏餘繞香火一把五十塊　起駕鈴聲一位千八搖動誦經團

燒去一爐諸佛菩薩一爐給你的金元財寶

捻香祝禱的也是請保佑某某的金元財寶

因此我說某公某啊某叩首叩首三叩首菩薩菩薩老菩薩望你鶴歸某與某

昨日商量你賢孝子孫折了大慈大悲半價無量

今日魂往西方你老富子貴孫眾聲賣力唱（有喔）

每門延壽增產市利鴻圖（有喔）

各個前途似錦家畜興旺（有喔）

千元一張（有喔）

百元一張（有喔）

零錢一把（有喔）又一把（有喔有喔）

冰冷的身軀（有喔有喔有喔）如今
只剩金元財寶的重量（有喔喔喔）

撰於2007-08-26，外公喪後
刊於《鹽分地帶文學》十五期
（台南：推理雜誌社，2008-04）
收錄於向陽主編：《2008臺灣詩選》
（台北：二魚文化，2009-05-25）

神話

在古時候　有株龜殼　花盤據世界唯一的山　口
姆姆手掌裡握有　我　眼珠伸往高山楓頂血褐色的天空
　　緊握一齊滾動的星球
那是姆姆　指甲剪落　給我　也把頭髮剪落　給我　影子剪落
　　給我，給我　漆黑的我（一切的剪落）
自姆姆虎口出生　家書記載　痣一般標點　的我
由姆姆產道出山　天地並生　雙頰堆滿鬍渣　的我
曾經矮壯能破岩銅手擒獵獲　今卻困居城巷蝕滿萬點燈火
　　與神話一齊失落　什麼都不是　也不是我　的我
是夜空。昨日與今日不同的額　頭上方律動著漩渦
　　熄滅了週而復始的星斗

　　　　　　　　*　　　　　*　　　　　*

姆姆最後化朵藍儠儠的鬼　火在水泥沙坯作的墓地空中夢遊
祂焚起，突然需要被自己喚醒
黥出雙眼看見了　子孫　姆姆祢看見了我　低眉細聲對著我說
──又彷彿對祂自己白蒼蒼肚皮　禱祝著說：
「啊孩子你，被漆滿了聲音的身體是那麼　盈弱。」

雖是姆姆曾剪落雙耳　朵給我　縫製古調色哀哀催眠曲一首又一首
但不是為了塞擠車潮夾縫裡的沉默　不是為了一左一右推撞後俯首
我以姆姆剪落於我的雙眼看見了鬼　火瞠目結舌自語迷喃再說
——又彷彿憑空祝禱而無段落：
「孩子你身體向前走　靈魂逕自往後剝落……」
鬼　火是團腹大頸小殘存的記憶，卻也自內含住有口　命作失憶的氣
姆姆經過　手手腳腳冰冰冷冷隨即就要渙散成為灰塵般的碎影
（什麼都不是　的你）「——是你！」
在街燈襲進窗台的夜半　光害　盜汗　每每讓我被自己驚醒
——又彷彿重伸手足褪蛻皮骨打回原形：
我即是　我　也是我的　夢囈我的　宗教我的　虛空

＊　　　　＊　　　　＊

容易背誦的故事大多歷生難懂，兒童光滑似我以及擰皺面孔後
　　衰頹如爛紙　的我
僅剩一點記憶需要抓牢，攪散五官軀竅的姆姆包括毛毛細細滲入
　　連影子也具傳說纖維　的姆姆
若我們攪成無聲有風的腔調　便得在自己身上鑿孔　填塞生活
咬牙剔除堅硬的觸摸
適用的體積最終雖只剩夠繫上一段無色尼　龍的隱沒
琉璃串掛珠鍊卻已是，姆姆取名為我　藍藍黃黃琥珀似沙啞的祭咒
我縮瑟　姆姆掌窩
姆姆則居處　我的心口

拋棄開始也拒絕結束　的我們

不容打擾又類似寂寞　的我們

姆姆我確實喝過祢釀造的酒　桑菓　小米　百足蟲

身體因此幼小　而輕　輕到皮肉發皺

藉由青春摺向年老的理由，縫痕恰好含陷一粒強壯基因的胚種

有些輕易記誦但終難理解的故事　它就直接吸取於我

　足踝入地的我　掌心朝天的我

蔓纏起一朵寄生血液底處

　斑爛爛龜殼　花與衪　紅漫漫的火　舌頭

撰於2005-10-21

一修2006-02-02

二修2010-11-21

原題〈琉璃珠〉，刊登於《臺灣詩學‧吹鼓吹詩論壇四號》

（台北：臺灣詩學季刊雜誌社‧2007-03）

潮間帶

你隻身海，行到火車鐵軌終於
靜下來
彷彿寄託一式謎底
但猜沒忘攜帶那首歌？
只管把脣齒傳遞給我，你的衣服像個正在膨脹的氫氣球
海風嗚噎低說來時袖口殘留台北地下道的冷氣餘味
因此除了把山推開　牽住細線一般的甬道我也就不再追問什麼
天色並肩而坐凝望由白而藍由藍而黑由黑而藍由藍而白的沉默
耳朵究竟是泡沫做的　傳聞不見所有，彷彿戀人為底的酒

2007-10-27撰
2010-08-04修
發表於《大海洋》詩刊七十八期
（高雄：大海洋文藝雜誌社，2009-01）

W是第一個有意識進入我全盤作品的讀者——但我不確信他願否理解我，又或者從那理解之中真實地感受我——遂後W又變成第一個有意識離開我全盤生命的讀者，從此留下更深寂絕的迷疑。

　　成為高中教師的第一堂課，我導讀鄭愁予〈錯誤〉，仗著一股孤立的姿態，揭示於那群青春懵懂的少年少女面前——鄉愁是愛的完成，完成的愛等同於別離的展開——我在黑板上奮力寫著「鍾文音：我不能深愛一個人，若我深愛一個人，那個人就會以各種方式消失在我的世界。」

　　課後有孩子私下告訴我，她在困惑間莫名地感傷。

　　自己原沒想到，原來生命的委曲除了入詩也能入課，而於別離的W所未說出口的，約莫就是那股酸楚到不能自己的感慨罷？

　　　　　　　　　　　　　——《德尉日記・PM1948》

瘸子

世界本身就是傾斜

文字也是光是

影子是視線更是

手伸展開來　我們的連結遠遠的都是

拖曳或左或右的道路

我要緩慢無趣的

觀察

數過一排開過謝過又發芽的木棉花

所有的直線也是傾斜

你吻我經過同意無須踮起健康卻脆弱無比的

趾尖

我的嘴唇沒有殘缺

我是中心點

唯一的公平正義不會流淚

我是圓規

2003-03-31撰

刊於《笠》詩刊二三九期

（台北：笠詩刊社，2004-02-15）

壓歲

紅光艷艷春日曾近無恥地盛大
如今卻禁不起丁點兒觸摸與端詳
龜裂融融無草的柏油路如蛇脫皮一層一層
發黃倒掛在沿途門上

我的願望多如高速公路上奔馳的燈流
在固定的車道上縱逝、堵塞以及編制一口一口的使用量
掂秤它們重量，拋在年節不可相信無以免俗的封裝
倒還比不上自己的表情壓碎在生活的鏡面之上

返鄉原來是種敷衍儀式的懷想
煙霧彈般初一天公龕前無數咀嚼的聲浪
孩子在學籍卡上最終仍然填下「小康」兩字
現實與真相就像擲下允筊正反兩離的方向
淪為大人們叨怨連喋一張一張刷紅的日常

2005-08-31撰
2005-09-07修
刊登於《笠》詩刊二五零期
（台北：笠詩刊社，2005-12）

紅線頭

自指甲縫

自半袖口

自七月遠鄉寄託的包裹

自我獨自租賃的四方層樓

電視螢幕距離鈕扣如雪稍融時偶然撫摸

原來已漸鬆脫　生活那麼老舊

經不起任何一點風聲

剪刀半晌　無措該如何下手

幽靈或小丑

沉默或喧嘩

透明或花濁

自牆角壁斑

自鐵銹窗軸

自堆垢的露台　目光跌落

十字路口數對戀人左右穿梭

二式一種同樣出品的量產面孔

彷彿纖維經緯終始的兩頭

然是困倦著　收件者的低首

已不見了我母　髮線之間灰白撩撥

那冰幼銀針　細長太久　太久

我的名字繫不緊密我的軀體

我的軀體則與我的身影稀落

而身影　一點一點彷彿沙漠底處的漏縫

自老炕夜夢的陳香悠悠

自記憶層次的氣息鑽流

自袖線頭

　　指甲縫

閃爍

塵埃與塵埃細隙小小　小小的騷動

2005-01-28撰

刊於《笠》詩刊二五九期

（台北：笠詩刊社‧2007-06）

行軍場

一、石膏

我們還剩下多少可數的，白色的夜晚
牆　雕像　病房欄杆　你總像要說出什麼似的
嘴唇如枯枝上的花瓣顫動
但其實除了光與光的陰影，什麼似的也都不曾留過

誤判固定的形狀為一種姿勢的成就
而那些縹緲而去的香火與魂魄又算什麼似的騷動
顧慮淚水的鹽分或者濕度會造成什麼似的龜裂
維持室溫的冷藏箱櫃：標本或者盔甲還包括宗教或者宇宙

我不是誦經僅於千萬牢記禁止在你的夢裏回頭
由於經不起再一次的老去　天花　地板　樑柱以及骨頭
以及如此脆　而沉默的體重
披穿上黑色的，你不用回答但我們還剩下多少可數的日正當中？

二、行軍場

無數馬陸的死亡，在軍營中隊的集合廣場

百足盔甲終究逃不出一顆　過熾的太陽

況且無人惋惜與哀悼頂多竊作最小動作的搔癢

我在盜汗同時斜眼看見自己陰影　踏扁

脫乾無血屍首　脆碎卻又毫無聲響

曾經竭力蜷蜿為一個完美　螺的呼號

都不過是　一個踏步立定前的瑣小憾事

當我化約成為林立雕像中的一雙空望

粉塵揚動間於屑末依稀沾滿黑油泛光　臉頰的坍塌

三、模樣

踏穩你的軍階

肩膀以及胸膛車縫線

聯方隊或歸建制的縱貫列

鼻尖的點　地球被假設的軸與面

標齊同色衣褲與消極的鞋

下達虛構表示的前進後退

日晷因此被動地浮現

當我被量計出關節固定，槍托與盔的一切

有人趁著影子背對時順延滲汗的帽沿抽菸

呵出一口接著一口　顫抖不斷的鹽與水

直到表情磨為一種抑制反光的平面：**秩序比時間更加令人絕望**

你看見我們無異的步伐舖滿碎泥石地板

以棋盤座式的模樣操縱彼此的視線　但不過問泥霧漫揚隱沒的眉

四、列隊

我漠然行軍於隊伍之間　保持向右看齊的專一性

卻始終凝望一棵遠方孤傲的蒼丘之木

以致於風與樹葉的摩娑過分靠近儀式而將肅穆的寧靜幻化

一朵雲於撕裂虛線間的毫無聲息

即便如此天空還是太遠——

這約莫就是

理想的正義

我步伐劃一的從軍以來突然想起，阿公出殯之際那場往事的葬旅

〈石膏〉撰於2007-08-21

〈行軍場〉撰於2008-10-26新訓中心上舖凌晨

〈模樣〉撰於2008-10-21左營新兵訓練中心

〈列隊〉撰於2008-10-25左營夜訓片刻

全組詩刊登於《掌門詩學》五十八期

（高雄：宏文館出版社，2010-02-28）

一名拳擊手搶進瘋狂攻擊之後黯神地哭了。對手以強悍且重的拳頭熾熱摟著他，並就著濕鹹耳鬢竊聲問道：

　「你怎麼了？」

　　台下觀眾噓聲四起，淹沒這難得的問候，且把原本準備在結局出場的鮮花揉爛以後扔向滲汗不止的兩個男人。沒人關心這齣戲碼為何意外停滯，僅僅憤怒著滿腔無法得到預設滿足的虛無。

　　呆看著晶瑩淚水滑落，無助的對手在汗珠冰冷與皮膚灼燙之間突然明白——

　　男人的心裏有個始終鍛鍊不了柔軟的微妙的地方受傷了，彷彿一陣歡呼愕然消失般地，受傷了……

——《德尉日記·PM2002》

惡水

從此你走在水上
從此深知記憶如同爛泥
昔事潰散沒有形狀
但你仍用細瘦蒼白的足踝探它
質疑地球的心臟應是溫暖的吧？

然而腳印與泛漫稠漿的波紋一樣
　　不將留下
你所經過的歷史都已然瓦解坍塌
　　搓成細砂
倒插的電線桿與街樹
浮蕩的拖鞋與水溝蓋
緊陷指甲縫裡多少濘濁的哭號窒塞無邊水鄉
迂隨泥淖沿你腿肚的靜脈產蟲一般向上爬抓
——又能贖回多少失遺的對話？

自車頂飄搖過街沙發床與夾板牆

點滴熱淚滴混著點滴冷雨

你說絕望的溫度約莫就是聽見鼻腔

倒流進自己的回音那樣

岸上的母親　無瓢的雙手

似蹲似坐頹手舉起似要招你

彷彿也似要你　繼續走吧？

從此你只願留水上

從此記憶的爛泥乾溼無常

黏著皮膚　頭髮　甫一開口遂為廢墟你的潰傷你的鑿穿你不說話

卻仍以心經製成的軟勾撈探夢魘張嘴後的無盡闇啞

但尋愴寒脹白的女兒還在無軸自轉的惡水之下汩盪

2009-08-18撰

刊登於《中華副刊》2009-08-30

斷橋
——為莫拉克風災而寫

夏日的盡頭在那
惡水　激流
傾斜的橋墩　無數的漩渦
我聽見　飄雨般浮塵般聲音彷彿時間你說
又或者目睹所有季節的盡頭

母親們跟蹤秒針其後都變成了貓
即得遠比羽毛邊緣影子還要輕細的體重
直到她們支撐自己攀至斷橋極末的那道裂縫
空有齒座試圖著笑但又像哭　那道灰色裂縫
貓鬚上的蜘蛛又再沿著她們透明的絕望垂墮至空

惡水不止激流，傾斜的橋墩碎沫無數的漩渦
泥漿就像　一齣無聲劇的倒播彷彿時間你沉默
之所以孩子不明眼淚的擺釣形成飄昇紛飛的氣球

滑過蜘蛛的額頭　聽不見貓在嗚噎的耳朵

揮動蒼白不斷膨脹的皮膚與手

又或者他們都已目睹一切

一切盡頭的缺口

2009-08-30撰於基隆港

刊於《笠》詩刊二七三期

（台北：笠詩刊社，2009-10-15）

人啊人，畢生遠離的是愛。
親近的則是死亡。

——《德尉日記‧PM2030》

夜
大規模的……遠方

地藏

每個人都找到自己的鞋子走踏上自己的宗教牽鏈自己的狗或懷抱貓
彷彿擁擠魚群般隨眼珠反光方向繞但其實空曠水箱裏身體觸碰不著
睡眠時間殊異的夢境跟隨你習慣性童謠每個人的媽媽只會越唱越老
開車行走或者游泳偶然間我無不必然卻扛起直線前進無法回頭那條
單行道
藏諸地面之下，以駝背　以畢身疲倦的遊蕩──作為記號

2006-04-25撰
刊於《笠》詩刊259期
（台北：笠詩刊社，2007-06）

有人問我為何求神。
我只感覺雙眼被香火薰濕的苦澀。
從中或者可以學習哀憫，以及基本的自言自語，
回音那個輕易就將瓦解的脆弱的自己。

————《德尉日記‧PM2200》

赤身

我赤身自菩薩像前走過
拖撻著聖潔與猥瑣
低眉絞揉成一地黑絨質材的慈悲
讓你雙足　保持新鮮

我赤身點燃一支香煙
公園石椅或者馬路中間
藉此拉長世界上任何存不存在的點線
以指尖
脫卻白襯衫般紙面
星星點點糢糢糊糊　焦去時間

我赤身裝盤端你面前
擺設著期待與眼淚
一雙細利任你腕空中半懸
挑揀骨刺與皮毛
就像七月旋開歷史的家族瓦罐
或者老舊刮帶唱片

我赤身在當下其實並非完美
但記憶能夠補足一切
當肌理都是故事了
那些令人辛辣含淚懷念的粉紅纖維
坦承切片是種剝削
嗜舔你的咀嚼

2005-01-26撰
發表於《自由副刊》2005-04-18

飛行器的造訪

我的房間一扇蒼白門板沒有電燈沒有窗
只是隻缺乏電池三葉螺槳飛行器
天花板沙啞
烏米小璅剪落她細瘦長髮留下影子插上一朵
單調的茉莉花

黑色絲絨舊夾克，掛有杜布希的老音響
我的房間只剩一張床，一幅短髮夾克沉默迴旋
烏米小璅的畫像
她嚴整細緻極薄的妝　毫無笑容的凝望
依稀瀰漫芬芳

少女敲過我的門
老人敲過我的門
青年敲過我的門
孩童敲過我的門
神祇敲過我的門
鬼魅敲過我的門

他們往房間內望　看到烏米小瑣的短髮，問道美麗的人兒她的住址？
又或她剪落的糾糾捲髮寄送何方？
飛行器的彈簧鏽了顏色嗽默沙啞
雷同我的房間歸化成毫無輪廓的冰霜
我驚慌、冷漠、親切、驕傲、謙卑、充滿慾望，回答自己無力飛翔。

行經者不只一次慰誘
：來吧？
但我只能看見烏米小瑣的茉莉花
她和她永不凋零的遠方
直到落地開花自己的銀髮
下了一場無聲的雪
原來她遺棄剪落早在我頭上枯萎殆然
這時光
才發現想起媽媽嗎？
搗起耳朵　我聽見自己敲門的造訪

2004-01-06撰

原題〈茉莉花〉，獲2004輔仁文學獎

須彌

地球的某個皺褶宇宙從不數算自己的毛孔當一顆種子悄悄與
時針上的塵埃共同掉落
我的位置站在：
水中之水
火中之火
玻璃中的玻璃
緊密合十裏仍然的縫
胎記濃淡之間地圖無徑無界而滲透形狀的輪廓
因此適合以靜止的移動　站著發呆
垂釣自鏡面其中
當影子以足踝之輕捧住額頭之重
學作一顆球：
迴風裏的呼吸
螺旋內的潮湧

爾後也許再聽不見，沉眠底都是羽絨的耳蝸

寂靜與寂靜並列之隊伍

又或者我清醒了　不知覺正大聲將夢境覆誦

2007-09-08撰

刊於《鹽分地帶文學》十九期

（台南：推理雜誌社，2008-12-15）

自殺的建議

【第一場】

雖然我參加過卡內基　國際直銷
新生活運動　心理諮商團體　以及股票分析相關的婦女讀書會
網標搶得熱水沖泡滿杯粉紅氣泡愛你好消腫減脂茶
電視購物動感彈性二十次分期免利率宜你爽呼拉圈
依然無法令我側腰發冷似無血液通過的贅肉噓聲消失綿連

當下一幕令人心安的咖啡時光是你抱著燙髮中分貴賓狗坐在我的對面
抿嘴的唇型香奈爾五號在領袖之間產生讓人恍惚親切的感覺
以致於「去死吧」的訕笑聲在八卦雜誌翻動之間聽來如此懇切
旁觀他人的痛苦那麼近那麼遠如你描述昨夜攜伴搭乘貓空纜車
看燈看樓看車看人菸點火看到流星許願看到公車駛到坡道盡頭

雖然我有足夠的辨識能力　上下　左右　紅路燈斑馬線
上車刷卡博愛座請讓位　以及呵欠噴嚏剔牙的片刻用手半遮掩住嘴臉
溫溫濕濕鹹鹹甜甜

當我們圍作視線的圓圈如同電視機是我看住它它看住我連那斜角日期
都感到難堪的畫面
我依然視燙髮失敗還加上中分的你為摯友而將你隨興的話都蒐集當作
採用度極高的建言

【第二場】

一顆安眠藥的時間是將夜晚濃縮成發泡式床墊的凹陷
我的腦袋某處像安全島被鑿了個等待路樹進駐的洞穴
而醫生你有什麼樣的建議呢　關於按時服用的夢境車流量被堵塞
當我們茫然注視紅燈號誌下整座城市圍堵著車屁股上的閃爍警示

我的腦袋裡洞穴周圍於是駐紮了一班馬戲團　一座動物園　一處
空中旋轉遊樂場　一間專事油炸速食餐廳　一對情侶幻想蛋糕店
孩子們在滿是塵埃的咳嗽裏卻已不願遊戲了紛紛喊著媽媽媽媽呀呀
你說這是身體老化的正常現象　所交換的卻也不過是一副病歷號碼
紅色劃線處記錄我們對話相關方面的症狀鍵盤喀喀噹噹儲存後建檔

放棄成為雕塑作公園中央站立著的銅像已無可能不再接受
民眾粉紅色的螢光噴漆
我的腦袋施工的洞穴極有可能因為政黨輪替被迫近期完工
噴出歷史悠久的礦泉水
但因夢遊者過份的歡愉，菸蒂彈落呼吸時我與你揮手拿回

未曾附過照片的健保卡
學像流浪漢般由於從不交頭接耳佔了個水泥轉角後便互相消失吧！
別說再見切記禁鳴喇叭

【第三場】

面對心裏朝洞中不斷形成漩渦的夜風。噓！
把桌燈關上。像拉開拉鍊，以手指頭無繭的軟肉。

【後半場】

我所見過美麗近於粉紅色的死亡多半是在黃昏時代浴室或者廚房
密閉潮暖的空氣是重要的　將身體壓縮成為真空罐頭但關於靈魂
以懸吊或者墜落的方式縱然不失為宣告寂寞的方法　但關於飛翔
似乎往往擺脫不了妄想　但關於師父你阿彌陀佛保佑保佑
明明沒有翅膀又要引領我往哪一處天空張望　但關於誦經以外的
沉默
耳朵欲聾嗚嗡嗚嗡
那畢竟太遙遠了，以致於我所見過美麗近於粉紅色　洩氣的雲朵
多半趁夜黑成一面
之前的吻的瞬間——
但關於師父你的語言阿彌陀佛保佑保佑太靠近視覺的界線導致
顫動片刻隨即模糊了

輪廓的曲線

但關於我所經我見過的一切　　但關於

從滿盈到空缺

我也只是一支倒立入海的空瓶裏面捲著一張竭力未濕的紙寫道漲潮

：給如此憎恨的自己　　敬上

【加碼場】

如何達成我們的毀滅因為太過寂寞而我們還能分析自己的部分需求

檢核發票　　帳單　　新的粉刺甚至已經結濃的青春痘

與黑暗過於親暱「到樂園去吧？」當心裡浮起一顆紅色氣球般的聲音

（啵）　　我對自己的影子搖搖頭

站在高樓的頂峰全身都是翅膀在鼓動

請對我說（我對我自己說）「安可！」「安可！」再說再說⋯⋯

再說

2007-10-03撰

刊於《字花》十四期

（香港：水煮魚文化製作有限公司，2008-06-01）

玻璃

誰知我曾越火層重

換得過於冰冷的身影

如今

輪廓模糊了四季

透明光與光的塵爐

一邊咖啡音樂座椅　一邊交通排煙廢氣

不偏不倚

當城市被

蒙太奇貼上小心輕放等時間易碎警語

你何妨借此看清自己但也別輕言迷信

所謂堅固信仰的歷史意義

嚴禁吸煙標題底下

我們大可以一場雨的質地行經他者的身體

刮花那對坐戀人那張毋庸辯解的隔世表情

2009-02-14撰

刊於《中華副刊》2009-06-14

王子半人半馬

絮了辮子，鞭在長廊
王子專屬的甬道濕潤著牧草滋長
馬蹄達達卻直呸和不如離開達達

由於你是蟬殼或蛇皮，翅膀上的羽毛
　　櫻的老葉　以及瓣狀盒底的布丁
我們曾經親密　過一段長條狀的時間
　　被浴室暖溼的霧氣千層酥般包圍　掉屑　滲水

正如影子不問是非只安靜成為光的側面
有一種原生蘭花僅受一類長嘴蝶的吻別
有一則神話獨教一張夜的棉被反覆裹疊

2008-03-18撰
刊於《臺灣詩學‧吹鼓吹詩論壇》七號
（台北：臺灣詩學季刊雜誌社，2008-09）

逆覺

拖踏著影子眾生不覺
合十
我是光源

太長了罪孽
雲層裡　鳶箏身世臍繫有條細線
書寫薄紙輕風撐滿故事情節
我是雙新鞋　舒不舒服試穿可否走越時間

磨石古道林花謝卻
我是苦果　來不及甜

沉默早衰的姓名釀入猥瑣的肚臍眼像張
擰縐的臉
是母夜半驚醒總忪忪地掉眼淚
是你僧罈內辛辣的小慈悲

我是你穢吐的舌蕊
亮出白白紅紅空空蕩蕩的酒麴味

2004-08-16撰
刊於《自由副刊》2004-11-09

禱詞 之一

I　我不該開啟冰箱
　　與任何機械式心臟，只為降低自己的血溫
　　我不該纏綣單人床底，咳，
　　闔上任何一隻眼睛，連帶影子都
　　錯失了慶典的遊行

II　火光高舉在枕下那拳握的
　　深沉睡意以外，大肆且熱且卓耀吼：
　　來吧。這兒不只有神明
　　豐沃的祂們總在燃燒的核心沉默蜷縮
　　而我也不僅以熱目擊祂們融融這睡
　　發汗的額頭

III　當身處此座以父為名蔚然森林
　　海洋的水氣被驅離
　　想像不見翻滾的小白帆們呀
　　毫無鹹味的霧與露

是我樹屋窗前唯剩的餐飲
滴落脆弱厚葉肉翼上嗚噎像剪不斷開門的旅行

Ⅳ　於是祈禱
　　每日我學作一只容器盥滌自己
　　夜便由耳腔流淌出　數千數百條空心水管縫進城市陰影　下
　　難產湧絞的聲音

Ⅴ　然而烘烤是榮耀必然的龜裂
　　抽乾了某種看不見的生命纖維像一束信箱不具名的酢漿葉
　　我躺這嗆人的風口依舊，即便是冷的
　　冷的神祇濕漉的哈欠
　　陽光雖遠　益或越剝越瘦
　　直到我掌心的一線細紋眯縫微微

Ⅵ　你受刑前承認看見了魔鬼
　　囚室自然沒有冷氣設備
　　寶寶，或者分我一點？
　　或者你垂下腦袋的瞬間芽生了花蕊花蕊根處
　　則汩汩竟是有穴　處女之泉？

2004-09-13撰於彰化

發表於《創世紀》一四四期

（台北：創世紀詩雜誌社，2005-09）

禱詞 之二

ㄅ　來一首，尚可歌誦的海港
　　在尚未駛入的前傾之岬
　　我願同你一起，讚美：襲捲而來的
　　光

ㄆ　一枚名姓因為字體印刷，優美慵懶躺倒法國沙發
　　我因我母手上拋來的小紅花綻放，郁鬱偉大
　　即便哀傷　也可以勃發酒香
　　彷如果肉已歷旋墜毀的過程
　　黃昏因此暴躁甩動衪粉紅色粗尾巴

ㄇ　雖我極不關懷，這場悽愴的喪禮
　　不合乎白雛菊堆砌的格局
　　面帶薄紗
　　與一勾溶解的容顏的暗笑
　　阡陌之間的川流不息，人群悼念你你的睡意具有唯一的倒影

ㄈ　於是可以熱切

　　可以圖釘

　　可以生鏽的彈簧　蹬起

　　甘心神祇的羽翼，迴成一圈，週而復始鴿與鴿的形跡

　　沉默紅痂為喙上的引航器

　　我竊見：黑袍無臉的駝者扛起三角號幟旗　為

　　天頂開啟一千扇柱狀耀眼的門

　　魚貫而入我們可以

　　並將整座海域併吞無盡

　　發條著　一場窄仄的，暴風雨

ㄅ　我要所有子民都能告誡這　晚安

　　我們合禱　此本歌譜時間不一

　　我要你拿去　神聖的每處折頁標印

　　我們開車前往　海的肩胛五公里

　　蔚藍雲流在節拍的裂縫裡剁開腦殼兒

　　像被截斷深眠的鹹皺肚臍

　　像神明初自火裡泡沫的臉

　　是不安的上頁還遺下　半隻半張的核心

　　是這漩渦至密　晴澈折射的空隙

是我要你
一面窒息還得一面　睜亮眼睛

2004-09-14撰於彰化
發表於《創世紀》一四四期
（台北：創世紀詩雜誌社，2005-09）

毀滅一個人的方式：讓他繼續存活著。

讓一個人受困生存：毀滅掉他的感覺。

所以撒旦說要懲罰我向上帝索取欲求的天真，就留給我愛情，吃掉我的靈魂；爾後再留下我的身體，吃掉我的愛情。

最後上帝的子民都會鞭笞我、責罰我，摧虐我殘破的身體，追討我早夭的靈魂。

阿門。

——《德尉日記‧PM2215》

安眠藥與爆米花

01. 花店

失眠者最主要的問題在於，他們擔心自己陷入獨處。

也許吧？

那你需要什麼呢？

哪種時間能夠支撐最久就選那種。

我在底座幫你包裝了一些維生用水。

配合安眠藥嗎？

白天開花就像費力支撐的夢一樣，反而卻在晚上自動闔上。

再搭點紅顏色的吧？

02. 廚房

餓了嗎？冰箱裡什麼也沒有。

你在廚房做什麼。

大概是餓了。

雖然廚房什麼也沒有，餓了還是會來廚房。

03. 電影院

夜晚開始了，進來坐坐嗎？
一張A廳票，還有鹹的爆米花。
這樣就足夠了嗎？
嗯。
不好意思，早場時間過後就沒有鹹的了，改甜的好嗎？
那我改時間再來吧。

04. 餐廳

催眠所需要的要素，是很簡單的決心，帶上一點像高處墜落的暈眩。
對。好像「絕望」。綜藝節目通常弄得很搞笑的感覺。
我去年，還有前年，都有寄信給他。
那今年呢？／今日特餐是什麼？
麻煩C餐飲料附紅茶。
喝茶與咖啡小心容易失眠。

撰於2007-01-17
刊於《創世紀》一五六期
（台北：創世紀詩雜誌社‧2008-09）

室內光

我是有點日式哀愁的

攤開

將臉

悄悄地端走了

且溫溫地推開

隔壁

有點日式哀愁的　昏黃的光

我是　相對沉默地獸在

兩格一式黑白的相框

與影半垂下拉

彷彿熨透牆與漆

日式哀愁圖描下　姑且稱為表情的典雅

而……毫無跡象

2004-09-24彰化回程於北

刊於《幼獅文藝》六一八期

（台北：幼獅文化事業股份有限公司‧2005-06）

晚年

在我內心中海浪也升起……

我將自己拋擲對抗著你，不被征服，決不退讓，噢，死亡！

海浪在海岸上碎裂。

——維吉妮亞・吳爾芙《海浪》

我們稍晚來到終年積雪的海濱

聽說當地惡劣的氣候導致過於光滑的磯石

以及居民滿佈龜裂的皮膚

至於那些以海平線為火的浮球究竟反射了什麼

聽說有人趁夜潛泳而過　有人在月光之中沉沒

身為我的影子你說：

在冬天　拒絕留守我們自產的溫度　以後

你便再也無法以任何歷史與照片辯解沿岸以及身體的關連

身為你的影子我說：

當共和國決定驅離我們專制的相愛　以後

我便再也無法以任何宗教與雕塑區別沿岸以及身體的差別

遠方由於烏雲層層壟罩著光
不知是路燈還是黎明反而都讓人感覺真正的溫暖
但隨漲潮遠航歸來的漁民為你捕羅一些稱之為信息的魚獲
當飢餓的冷　教我把那些烤乾料理了以後
時間暗示我們終將告別銀白色骨骼以及海的盡頭

2008-06-02撰
刊登於《臺灣詩學‧吹鼓吹詩論壇》七號
（台北：臺灣詩學季刊雜誌社‧2008-09）

餘生

烏雲，整片斷碎著，由絲線到粉末，天台黑聳直到我爬至鐵銹
城市上方。有沒有人打來電話？以為自己是隻鳥，無懼無邊的
夜晚。赤腳塵埃揚起浮光，天線切開時間的漸層還有沒有可能？
泥流與門，天橋底下的人群，震動著母親與妳傳來的簡訊：
匯款已經收到，家裡平安無事。
豈是至深的愛意？我踏過龜裂的磚痕與乾冷的腳印，彷彿極地
也彷彿一種堅硬的材質脆弱自己的身體　　當地震過後所有街道
上的孔洞湧出壓抑過度的淚液，直將淹沒那面總無出聲的灰牆
那座荒廢了的兒童公園的秋千椅架　　啊像我這樣向下望　　為何看見的
還是劃過一道　　天空以上，結痂瘀焦的血跡

即使曾隨軍旅翻越屍山
即使銹乾的水龍頭口被空了鎢絲的燈泡接上
即使沙漠的前生是海
他們放下步槍提起鐵鍬大聲並帶答數：就讓我們拯救世界吧？
佇立漿濘漫漫的人間地獄鋼盔膠鞋我與躺下的如今已無所區別
匯款已經收到，家裡平安無事。

除此之外

除此之外

除此之外

神父曾要我隨他禱告，仰望那些餘生澄清的滿天星斗

直到我平行這裡　老鼠色的灰欄杆回憶不敷回憶不如烏雲，

整片斷碎著，由絲線到粉末　想像這些都是上帝的道具

意識自己或為不斷出油的機器

而此無關乎比喻

只想打通電話給妳　也可以接通臥室的母親

好嗎？家裡？

驀然躁動聽筒的電子回音卻像腳下劫後的街景

無人回應

無人回應

無人回應

2009-08-29撰於基隆東三碼頭

發表於《文學臺灣》七十四期

（高雄：文學臺灣雜誌社，2010-04-15）

揭諦

揭諦如雨　無聲傾訴一場關於種子的秘密
有人行經這裡　有人停佇這裡
草坪或是樹蔭
但也有像你這樣固定計算旅次
導覽著如何觀賞陽光淋漓的花季

2007-03-03撰
發表於《臺灣詩學‧吹鼓吹詩論壇》五號
（台北：臺灣詩學季刊雜誌社，2007-09）

命

雨夜不見星星　沒有窗戶的租賃套房裡
濃妝偶像她乘坐霓虹燈製月亮上數算腰間串起的金幣
液晶螢幕但有雜訊這台房東簽約的電視機
我們的婚禮，約莫就以這首競選歌曲作為背景

星座走勢黑巾短裙配合開運
氣象報告濃霧恰巧週休假期
廣告不忘訂購專線內褲內衣越紅越發
生辰安排宴席五行座位　有酒有魚紅白湯圓設置甜品佛跳牆
網路遊戲裡的女殺手昨日瓦解我倆經營許久的革命　舉槍正式宣佈
當機，帳號不明

喜帖上你我親手謄寫姓名所幸塔羅牌面太陽高照戀人擁吻的風景
好安慰著心理測驗顯示外遇指數遠高於政黨輪替的決心
農民曆記載適宜外出但沒說明出場的順序
也許呼應了醫生產檢報告的預期　震央底下那道水流讓人想起
籤詩有云　素齋尚果人得道
今日快餐　蹄膀燉爛花生湯

可惜我的眉毛連在鬱結而將破財的危機
掌心裡的紋路磨損於你顴骨過高雙頰證明能力過與身份上的不及
濕熱的吻預言起旱日底水災淹沒便利超商漂浮起國賠不算的貨品
蟻群攀爬爾後散佚姑且得體命中帶痣的甜蜜
暫不去想　雙人床板要如何擠進單身房門內風水交煞的寂靜

2007-04-08撰
入選2008喜菡文學新詩精選，錄於《詩癮2》
（高雄：大憨蓮文化・2008-11）

旅夢人

攜帶一首只有孩子才會吟唱的歌謠，從一片極廣袤極柔軟的草原出發，我的流浪。

故鄉，城市裡的水龍頭忘了栓上。直到我路過一座懸崖，看見海洋，才驚憶起它，是否滴答永無止境。

小小圓圓的腳趾頭，我被鹹鹹的陷浸，白與藍與之間漸層的泡沫，蜷緊又舒放。

在父親為我準備完妥的行囊裏，我遍步沙灘，搜翻不見任何渡洋方法的線索，本能的，只好哽咽且堅強繼續前進。

那孩子便在我夢裡的海洋不斷流淚。

每個早晨醒來，我都有新的猜想，為那個夢裡不斷旅遊的孩子尋找流浪的原由。

男孩也許，失去了心愛的玩具。

頑強男孩的堅固玩具，遺落到哪兒了呢？

或許是那座我童年迷藏總不再深入的老樺林，又或許另一方向，幾乎半傾，老樵夫廢棄的小木屋？

小男孩你爸爸在哪裡呢？

行囊裡充足的飲水乾糧，還有精密的地圖和手則。可知他有多愛你啊。你卻不曾聽過，他告訴你關於遠方的故事？

只記得父親手指尖銳，遙遠堅定的方向，男孩直線依循，永不回頭持續行走。

會意多麼沉默，他便行經原野，爬越高坡，走上冰凍的湖泊，歷練沙漠綠洲海市蜃樓，男孩在山谷間奔跑，森林裡漫遊，他訪遍大小花園與城堡，路經貧富城鄉及人群，瀏覽各樣店家和荒漠，穿梭男人間的呼嘯與煙斗，也攀登過女人的眼淚和肉軟的氣候……種種旅程，旅人在自己的肌膚上，刻留路線，行跡痕痕皺褶。

直到某天，他在一處似有熟識，且柔軟無際的草原上，遇見一個小男孩。

他訝異自己千百夢迴裡出現那孩子，張大了塵封已久冷漠的嘴巴。旅人聽見那孩子微笑哼出一首，老人才聽得懂的歌謠——

睡醒的遊子啊現在的你啊和親愛的母親一樣

白髮蒼蒼——

撰於2003-07-11清晨03：20-04：42

原題〈夢，旅人〉，發表於《自由副刊》2003-08-07

時間

鳥飛過海岸線而魚靜止在泡沫與泡沫之間
牠們只有一剎那　看見鰭鱗與翅的鏡面

正如站在海濱酒館以礁石上生鏽的鐵欄杆往下望：
夜濤像過醇的紅酒而你是誰？
奔向碼頭登上快艇最後兩名接受檢查的乘客
攜捲他們多雲有雨的天氣
那或是場假期婚禮又或者只為了一齣異地電影
就像兜售鐘錶的攤販不僅一次經過了界線
跨坐在你全身倚抵欄杆的對面

於是我的客人吩咐酒保期望能夠為此敬上一杯而我們
自顧替彼此點燃嘴邊的菸捲
是島還是堤防　是風削過了潮流而海一口吞嚥了睡眠

撰於2007-10-07
刊登於《中華副刊》2007-12-05

偈

作為一個無助的空鏡頭
除了時間，我沒有任何打光取角的設計
除了偶爾恍神經過的女人　協同車流
我感覺不到任何　非秩序外的心悸聲
當夜在視覺的中央以陀螺軸心的樣態成形
所有行將就木的　或還可以期盼苔或黴斑轉而附身種種等待
但以半寐的眼睛在我身世停電下的鎢絲燈管
除了卡榫於城市不眠窗框內蚊蚋無助的徘徊
萬變霓虹間高架橋所經過屋頂震動而出
除了空氣污染指數反閃電子跑馬
也只是過度消極，銀雪白色塵埃

2008-10-30撰於左營新訓砲棚
刊於《笠》詩刊二七二期
（台北：笠詩刊社，2009-08-15）

城市畫起乍亮，約莫是從窗，而不從天空。

從某一扇孤獨的窗，再從另一扇孤獨的窗，彼此之間卻沒有
任何甦醒的聯想。

———《德尉日記‧PM2455》

後話

　　德尉，是某名僧人在某些偶然的巧合下喚我的方式。事後也因某些巧合的偶然，成為我與Ｗ確認相戀的一種緣份——這會不會真如友人所說，人生的遇合其實都是一場美麗的誤解呢？

　　就好像「莊仁傑」作為一個方便行世的俗名，等同學生時期的學籍數字、兵役期間的軍籍牌號……那般隨機。無人試問同意與否，就已朝我扔出了這些緊身的咒語，其因也多只為單純的歸檔方便而已？

　　但與名姓編碼不同之處，在於「德尉」作為一種通靈式的密語，缺乏任何政治功能，純粹只為一種沉溺於存在之痛苦的碑銘。它後來成就在我與自稱阿蔚的Ｗ相戀時，諧音別字的默契證言，同樣卻也失落為我們分手以後的懷情實錄。直到喚者已矣，半人半馬的王子卻依然受縛這無人知曉的煎熬，在沒有公主存在的世界裏，隨著日夜循環，為一個早已掛失的稱呼輾轉周旋。

　　於是我還要追問：戀愛與創作會都是偶然與巧合於誤解中的構成嗎？天堂與地獄若就只存於人的主觀意識，那麼我去剝繭痛苦與生存的絕境意義，豈又不是徒勞自溺而已呢？

　　這本小書集結的當前，我竟還是不能夠狠下一個真實的決定，去面對這些無解的自疑……

　　《德尉日記》作為一本真實的虛構之書，似創作也似其序，介乎詩作前後，存於集冊內外──它如穿梭銀河之間的星體碎片，身在其中的同時也超乎宇宙表裏，從此形成一股幽冥漩渦──經歷十餘年來的創作，以其統名，也與以番外；是熾熱相沫的靈感，也是冷靜析辯的注釋。就好像愛與亡，以等號的型態並聯正反轉瞬的一體，即在我深愛的同時，注定承受別離的失去。

　　從自溺到自解的《德尉日記》天真且世故、青春即衰垂，它是曾經未解人事的我至今終向現實低頭的過渡，刻銘於愛，亦沾染愛的絕望；熱血沸揚，卻也燒至缺氧；形成一半蒼鬱青蔥的生機，與一半枯竭焚燼的殘骸。

　　因此德尉以詩為序的詮解，其實正是以詩寓言的謎面，它在統一某些意義表現的同時，且於某些狀態內自我撕裂，出入作者的繆思與讀者的闡釋之間，雖說歷經重劫，回首竟也僅是由晨入夜的一天，那竟已不是附屬於「我」，而能掌握的預言。

　　作為一本書中之書，也是一本書外之書，往後有幸再有任何人翻閱、聲稱我的姓名，相信都會是這本日記的補充、這本詩集的延綿。

2010-07-08
撰於桃園壽山高中圖書館

她們向我詢問秘密，像群旋列整齊的禿鷹。
在那些銳利喙爪環伺之間，我聞見內在腐敗的氣息——
尤其曝曬在這熾熱的天氣。

然而出風口裏傳見自己的回答，彷彿一線生機——
那是一股幾存呼吸的冰冷氣息：我的本身
就是秘密。

——《德尉日記‧0000》

語言文學類　PG0496　吹鼓吹詩人叢書09

德尉日記

作　　　者/莊仁傑
主　　　編/蘇紹連
責任編輯/黃姣潔
圖文排版/蔡瑋中
封面設計/蕭玉蘋
封面繪圖/莊仁傑

發　行　人/宋政坤
法律顧問/毛國樑　律師
出版發行/秀威資訊科技股份有限公司
　　　　　114台北市內湖區瑞光路76巷65號1樓
　　　　　電話：+886-2-2796-3638　傳真：+886-2-2796-1377
　　　　　http://www.showwe.com.tw
劃撥帳號/19563868　戶名：秀威資訊科技股份有限公司
　　　　　讀者服務信箱：service@showwe.com.tw
展售門市/國家書店（松江門市）
　　　　　104台北市中山區松江路209號1樓
　　　　　電話：+886-2-2518-0207　傳真：+886-2-2518-0778
網路訂購/秀威網路書店：http://www.bodbooks.tw
　　　　　國家網路書店：http://www.govbooks.com.tw

2010年12月BOD一版
定價：200元
版權所有　翻印必究
本書如有缺頁、破損或裝訂錯誤，請寄回更換

國家圖書館出版品預行編目

德尉日記 / 莊仁傑作. -- 一版. -- 臺北市：秀威資訊科
　技, 2010.12
　　　面； 公分. --（語言文學類；PG0496）（吹鼓吹詩人叢
書；9）
　　BOD版
　　ISBN 978-986-221-687-3（平裝）

851.486　　　　　　　　　　　　　　　　　　99024282

讀 者 回 函 卡

感謝您購買本書,為提升服務品質,請填妥以下資料,將讀者回函卡直接寄回或傳真本公司,收到您的寶貴意見後,我們會收藏記錄及檢討,謝謝!
如您需要了解本公司最新出版書目、購書優惠或企劃活動,歡迎您上網查詢或下載相關資料:http:// www.showwe.com.tw

您購買的書名:_____

出生日期:_____年_____月_____日

學歷:□高中 (含) 以下　　□大專　　□研究所 (含) 以上

職業:□製造業　□金融業　□資訊業　□軍警　□傳播業　□自由業
　　　□服務業　□公務員　□教職　　□學生　□家管　　□其它_____

購書地點:□網路書店　□實體書店　□書展　□郵購　□贈閱　□其他

您從何得知本書的消息?

　　□網路書店　□實體書店　□網路搜尋　□電子報　□書訊　□雜誌
　　□傳播媒體　□親友推薦　□網站推薦　□部落格　□其他_____

您對本書的評價:(請填代號　1.非常滿意　2.滿意　3.尚可　4.再改進)

　　封面設計____　版面編排____　內容____　文/譯筆____　價格____

讀完書後您覺得:

　　□很有收穫　□有收穫　□收穫不多　□沒收穫

對我們的建議:_____

_____

_____

_____

11466
台北市內湖區瑞光路 76 巷 65 號 1 樓

秀威資訊科技股份有限公司　　　收

　　　　　BOD 數位出版事業部

....

（請沿線對折寄回，謝謝！）

姓　　名：＿＿＿＿＿＿＿＿＿　年齡：＿＿＿＿　性別：□女　□男

郵遞區號：□□□□□

地　　址：＿＿＿＿＿＿＿＿＿＿＿＿＿＿＿＿＿＿＿＿＿＿＿＿

聯絡電話：(日)＿＿＿＿＿＿＿＿＿　(夜)＿＿＿＿＿＿＿＿＿＿＿

E-mail：＿＿＿＿＿＿＿＿＿＿＿＿＿＿＿＿＿＿＿＿＿＿＿＿＿